HENRI DE RÉGNIER

LE VRAI BONHEUR

OU

LES AMANTS DE STRESA

PARIS

ÉDITIONS DES HORIZONS DE FRANCE

39, Rue du Général-Foy

1929

LE
VRAI BONHEUR

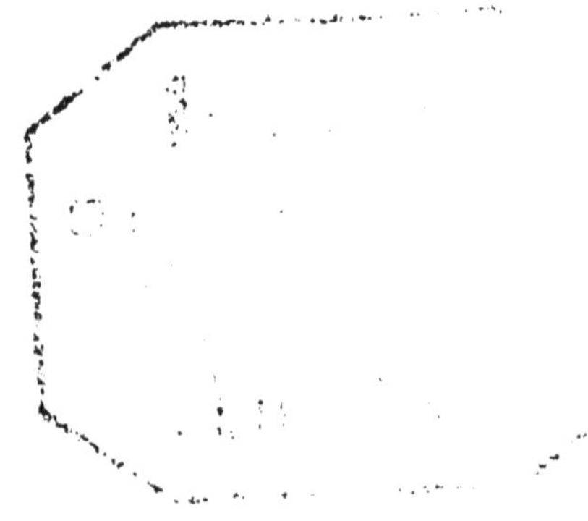

HENRI DE RÉGNIER

LE VRAI BONHEUR

OU

LES AMANTS DE STRESA

PARIS

ÉDITIONS DES HORIZONS DE FRANCE

39, Rue du Général-Foy

1929

J'AI beaucoup connu cette charmante femme, et je l'ai connue à une époque de ma vie où, comme on dit, j'avais à peu près cessé d'aller « dans le monde » et où mon goût de la Société me portait à le satisfaire, plutôt que dans les salons à la mode, par des intimités avec des personnes qui se tenaient volontairement à distance et à l'écart des banalités mondaines, certaines particularités d'existence ou certain raffinement d'esprit les empêchant de se contenter du plaisir qu'offre une mise en commun de vanités et d'élégances. En un mot, je me sentais attiré, non par les aventuriers et les irrégulières, mais par les hommes et les femmes qui entendaient vivre pour eux-mêmes, à leur façon et à leur guise, selon leur fantaisie ou leur nature, sans tenir compte des commentaires plus ou moins malveillants que ne manque pas de provoquer une attitude dont l'origine est moins une « pose » qu'un besoin de liberté et d'indépendance. Paris compte bon nombre de ces réfractaires aux obligations sociales et à l'embrigadement mondain, qui se dérobent à leur milieu et s'organisent à part de quoi passer leur vie à leur gré. Beaucoup de ces isolés sont amenés à ce parti par le goût et la pratique de quelque art qu'ils cultivent en amateurs ou par quelque originalité de caractère. Dans ces îlots de société, la littérature, la peinture, la musique sont souvent en honneur et on a chance d'y rencontrer des personnalités, sinon tout à fait exceptionnelles, du moins intéressantes par le souci de se choisir des conditions de vie à leur convenance et en dehors des cadres conventionnels.

Sans faire partie de ces récalcitrants, j'étais porté vers eux par une secrète sympathie. Je trouvais à les fréquenter un agrément que je ne rencontrais pas ailleurs et, auprès d'eux, je me sentais plus à l'aise que dans aucune autre compagnie. J'éprouvais à leur endroit un véritable attrait et j'employais à les observer et à les connaître un zèle que je n'eusse jamais mis à m'acquérir de ces relations utiles et flatteuses dont on tire profit et vanité. J'avoue que, dans cette recherche, j'étais poussé aussi par un sentiment de curiosité pour les raisons qui avaient conduit ces affranchis du monde à se cantonner en marge de ses groupements. A cette curiosité s'ajoutait le plaisir que j'ai toujours pris au contact des singularités intellectuelles, morales ou sociales. J'aime ce qu'on appelle les originaux, les extravagants. Je les aime dans la littérature et dans l'histoire, et il ne me déplaît pas d'en rencontrer des exemplaires vivants, même dépouillés des prestiges de la légende et de l'imagination, et réduits à leur propre réalité.

Ce fut à cette curiosité que je dus, à l'époque dont je vous parle, ma liaison avec l'étrange et falot personnage que fut le comte de Barnejac. On sait la réputation qu'il a laissée et qui est encore l'aliment des anecdotiers et des chroniqueurs du Paris d'hier dont il fut une des figures les plus pittoresques. Celle qu'il faisait de son vivant avait de quoi intriguer et attirer, ce qui fut mon fait. Musicien mystérieux dont personne n'avait jamais ouï une note, peintre qui ne montrait pas ses toiles, poète qui cachait ses vers,

M. de Barnejac exerçait une sorte de fascination véritable due au mystère même dont il s'entourait et à des prétentions artistiques que ne justifiait aucune preuve de talent. Très grand, très maigre, vêtu avec une extrême recherche, M. de Barnejac exhibait d'étonnants gilets taillés en des soies japonaises et des cravates d'une extraordinaire variété. Sa main aux ongles aigus s'appuyait sur des pommeaux de canne finement ciselés, et le revers de ses rigides redingotes s'ornait de fleurs rares. Il habitait un hôtel curieusement aménagé où il avait fait établir une piscine dont les eaux colorées étaient semées de paillettes d'or. Il passait pour élever des serpents auxquels il ne donnait à manger que des oiseaux exotiques. Bref, il était l'incarnation de tous les raffinements de décadence, ce qui ne l'empêchait pas, disait-on, de gérer fort âprement une fortune considérable. Tel qu'il était, il faisait figure dans le Paris d'alors et il me parut amusant de franchir le seuil de son hôtel où n'était pas admis qui voulait. Certaines circonstances m'en facilitèrent l'accès et je pris pied, sinon dans l'amitié de M. de Barnejac, du moins au nombre des humains dont il consentait à admettre et à reconnaître l'existence. Cela me valut d'entendre M. de Barnejac pérorer interminablement de sa voix de fausset, et de façon non dépourvue, certes, d'un certain esprit satirique et d'une indéniable faconde gasconne. A cette faveur s'ajouta celle de jeter un coup d'œil sur quelques-unes des œuvres picturales que M. de Barnejac dérobait jalousement aux regards des profanes, d'écouter quelques musiques de sa composition et de feuilleter les vélins enluminés sur lesquels étaient calligraphiées ses élucubrations poétiques.

Ces expériences me permirent de constater que M. de Barnejac n'avait vraiment aucun talent et je m'aperçus qu'il était également vaniteux, égoïste et méchant et, au fond, le plus plat des bourgeois, une fois passées ses heures de comédie et mise au rancart la défroque du rôle où il apparaissait sur une scène truquée et dans un décor de carton. Cette désillusion se compliqua plus tard d'autres désagréments et il me fallut, un jour, mettre fin à des relations fâcheuses dont je me tirai à temps, non sans le regret de m'y être un peu trop attardé.

J'aurais dû conserver mauvais souvenir de M. de Barnejac; il n'en est rien et je lui dois au contraire une certaine reconnaissance. Durant le temps où je le fréquentai il m'amusa extrêmement et m'offrit en lui un curieux exemplaire d'égoïsme et de vanité. Il me montra à quel point un égoïste peut être dur aux pauvres et aux faibles, et à quelle bassesse peut arriver un vaniteux devant les riches et les puissants. Ces constatations, me dira-t-on, ne sont pas rares, mais celle que me fournit M. de Barnejac fut d'une remarquable qualité. Et puis ce fut autre chose que je dus encore à M. de Barnejac. N'est-ce pas lui qui me fit connaître la charmante femme dont il s'agit et chez qui il me conduisit, un jour, je ne sais plus à quel sujet, lui qui m'introduisit dans la petite maison qu'habitait, au fond d'Auteuil, Mme de Gaillandre, non loin de chez Jean Lorrain et de chez M. de Goncourt...

La maison de Mme de Gaillandre était séparée de la rue par un bout de jardin dont l'allée sablée tournait autour d'un gazon encadrant un parterre aux quatre coins duquel s'élevaient quatre buis taillés. Sur le sable de l'allée ou parmi l'herbe se promenaient plusieurs tortues dont les carapaces bien entretenues bombaient leur écaille arrondie. Le jardin traversé, on arrivait à une porte peinte en bleu, sur le vantail de laquelle était clouée une grande chauve-souris de bronze aux ailes onglées et aux oreilles pointues. Une main de Fathma en cuivre pendait à la chaîne de la sonnette dont l'appel ne retentissait pas en drelin-drelin, mais se répercutait à l'intérieur avec un grondement de gong. La porte s'entr'ouvrait et on se trouvait en présence d'un serviteur indien coiffé d'un turban de mousseline blanche et qui s'inclinait en silence. A travers un vestibule dont le pavement était couvert de fauves peaux de tigre étalées, l'hindou vous conduisait dans un vaste salon, aux murs tendus de cachemires précieux et d'étoffes brillantes, sur lesquels se détachaient de vives et fines miniatures persanes. Des Princes et des Sultanes, montés sur des chevaux roses, le faucon au poing, y foulaient une herbe fleurie de tulipes où s'allongeait l'ombre en fuseau des cyprès et où des colombes buvaient en roucoulant au bassin d'une fontaine dont l'eau attirait à sa fraîcheur des mendiants en haillons et des biches tachetées. Aux angles du salon, des vitrines contenaient des objets de jade, de pierres dures et de cristal, parmi lesquels plusieurs éléphants de diverses tailles et de différentes matières, quelques-uns, même, sans valeur artistique, en ivoire et en ébène, car l'éléphant est considéré par les Orientaux comme un porte-bonheur, de même que la chauve-souris est tenue pour telle par les Chinois. Dans la salle à manger attenant au salon luisaient des panoplies d'armes, casques et armures damasquinées, sabres courbés, arcs et flèches mongoles, boucliers ronds, étriers. Tout ce décor asiatique rappelait à Mme de Gaillandre le séjour qu'elle avait fait aux Indes, lors de son voyage de noces.

Mme de Gaillandre en avait conservé un éblouissant souvenir : réceptions chez les rajahs, danses de bayadères, fêtes de nuit en de féeriques jardins illuminés, promenades en longues pirogues sur des lacs jonchés de nymphéas, chasses dans la jungle, visites de temples et de pagodes, mais, de tous ces souvenirs, le plus précieux avait été celui du bonheur qu'elle avait connu en ces mois de lune de miel, dont, hélas, l'enchantement s'était vite dissipé au retour, car, une fois revenu à Paris, M. de Gaillandre était trop vite devenu un mari comme les autres, c'est-à-dire inattentif et indifférent parce qu'il se sentait aimé, jaloux parce qu'il était infidèle et cherchant dans les rats de l'Opéra le rappel des bayadères. Germaine de Gaillandre avait mal supporté ces mécomptes et le désaccord du ménage s'était accentué au point qu'une séparation à l'amiable était intervenue. M. de Gaillandre avait repris sa liberté, laissant à sa femme les collections qu'il avait rapportées des Indes et le droit de disposer de sa vie comme elle l'entendrait. De ce droit, Germaine de Gaillandre n'avait guère usé. Son cœur n'avait pas remplacé l'infidèle, qui, d'ailleurs, n'avait pas joui longtemps de sa nouvelle vie de garçon. Trois ans après sa séparation, il était mort des suites d'un accident de chasse. Devenue veuve, et déjà avant son veuvage, Germaine de Gaillandre avait essayé de s'organiser une existence supportable. Intelligente et cultivée, n'aimant pas le monde et la mondanité, elle s'était créé des relations agréables parmi ces « réfractaires » dont je vous parlais tout à l'heure et qui, vivant par goût en marge de la société, en constituent une où se rassemblent les transfuges de la cohue du Tout-Paris.

C'était ainsi que la petite maison d'Auteuil était devenue, sinon un « salon » au sens parisien du mot, du moins un lieu de réunion fort agréable. J'y ai vu plus d'une fois M. de Goncourt rendant visite à sa voisine, très beau sous ses cheveux blancs, avec son noir regard, en sa distinction de vieux gentilhomme à laquelle se mêlait on ne savait quoi d'un rapin du temps de Gavarni. J'y ai entrevu parfois Jean Lorrain, la chevelure poudrée d'or, les yeux passés au mascaro, intarissable en histoires abracadabrantes, en anecdotes et en potins, mais les visiteurs habituels de Mme de Gaillandre étaient d'ordinaire des personnalités moins marquantes. Mme de Gaillandre ne recherchait pas les « célébrités »; elle n'avait rien de la « maîtresse de maison ». Elle aimait qu'on se plût chez elle et qu'on vint à elle, mais elle ne raccolait pas sa clientèle. Elle se contentait d'accueillir ses amis, les anciens comme les nouveaux, avec gentillesse et bonne grâce, tenant entre eux la balance égale et n'y choisissant pas de favoris ni de privilégiés. Chez elle, on causait librement, on dînait finement, on faisait de la musique. Cela formait une petite société intéressante qu'égayaient quelques figures bizarres et falotes. Quelquefois on faisait tourner les tables et on évoquait les esprits, car Mme de Gaillandre avait une certaine curiosité pour ces expériences. Elle n'était certes ni spirite ni théosophe, mais l'au-delà et plus spécialement l'au-delà de nous-même l'intéressait. « Elle s'inquiète de l'avenir de son moi », disait ironiquement M. de Barnejac pour qui le présent de son moi était une occupation suffisante à son égoïsme. De ces jeux de coups frappés, l'organisateur habituel était le peintre Massot. Les Gaillandre l'avaient connu aux Indes où il peignait les belles toiles qui ont fait sa réputation, tout en fréquentant des prêtres bouddhiques, des brahmanes, des faiseurs de tours. On l'appelait par plaisanterie le « Fakir » car il était presque aussi maigre que Barnejac. D'ailleurs ils se détestaient.

Barnejac, en effet, ayant eu vent de l'existence du petit cénacle d'Auteuil, avait fait ce qu'il fallait pour y être admis et, jusqu'à un certain point apprécié, c'est-à-dire qu'il avait dissimulé de son mieux sa vilaine nature et n'avait montré que l'aspect supportable et même presque séduisant de lui-même. Mme de Gaillandre le goûtait assez pour lui avoir laissé prendre sur elle un semblant d'influence. Fort connaisseur en modes, toilettes, parures et colifichets, grand amateur d'élégances féminines, Massot le désignait sous le sobriquet de «la vieille habilleuse», mais ses conseils étaient volontiers écoutés par la jeune femme. Il la guidait dans ses achats et c'était lui qui lui avait fait acquérir le beau collier de perles qu'elle ne quittait guère, et qui avait appartenu, prétendait Barnejac, à l'Impératrice Joséphine. Elle consultait aussi volontiers Barnejac sur la composition de son petit cercle. Ce fut ainsi que Barnejac, qui me tenait alors en grande faveur, lui proposa de m'amener chez elle et me représenta à ses yeux comme un garçon bien élevé, de bonne compagnie et dont elle pourrait tirer de l'agrément. Cette garantie me valut, de la part de Mme de Gaillandre, un aimable accueil. La sympathie que nous éprouvâmes l'un pour l'autre devint assez vite une véritable amitié. Mme de Gaillandre méritait d'en inspirer et on lui eût même voué des sentiments plus tendres et plus passionnés, si elle ne vous eût fait comprendre que l'amour ne tiendrait plus jamais aucune place dans sa vie et qu'on se le tînt pour dit.

C'était, et je ne saurais assez vous le répéter, une charmante femme et elle me plut dès l'abord. Je la revois encore telle que je la vis pour la première fois, le jour où j'enjambai les tortues porte-bonheur du petit jardin, où le serviteur au turban blanc me fit passer sur les peaux de tigre et m'introduisit dans le salon indien parmi les éléphants de jade, de cristal, d'ivoire et d'ébène qui y exerçaient la fonction de porte-veine ainsi que me l'expliquait M. de Barnejac en attendant que parût Mme de Gaillandre. Sa présence, de suite, m'enchanta quoiqu'elle ne fût vêtue ni en sultane, ni en ranie, mais en Parisienne sobrement et finement élégante. Rien en elle du type « princesse de légende » si à la mode en ce temps-là, malgré le fameux sautoir de perles, car elle le portait avec autant de simplicité que si c'eût été quelque article de Paris sans autre valeur que le caprice d'un moment. Son accueil était plein de gentillesse et presque de timidité. Tout en parlant, ses fines mains caressaient les grosses perles de son collier d'un geste machinal ; parfois, elle s'arrêtait de parler, distraite et comme absente, puis elle revenait à vous avec un délicieux sourire et maintes paroles avenantes. Telle qu'elle m'apparut en cette première entrevue, telle je la retrouvai toujours par la suite. Elle avait dans la conversation de la fantaisie et de la gaieté, mais sa conversation était coupée de fréquents silences et l'on voyait alors sur son aimable visage se peindre une expression d'inquiétude et d'anxiété. Quand je la connus mieux, je m'aperçus que cette expression inquiète et anxieuse n'en disparaissait jamais complètement ; elle y demeurait comme sous-jacente, diffuse, éparse. Parfois elle s'y formulait plus distinctement et elle y devenait de l'angoisse. D'où venait cette angoisse ? Je le sus quand notre amitié nous permit de nous mieux connaître. Celle de Mme de Gaillandre n'était pas seulement constante, elle était courageuse, car, lorsque je me brouillai avec M. de Barnejac, Mme de Gaillandre n'hésita pas à prendre mon parti et à me conserver auprès d'elle malgré les objurgations rageuses de M. de Barnejac qui réclamait ma « mise à la porte ». Mme de Gaillandre résista et M. de Barnejac ne reparut plus. J'avais rendu, sans le vouloir, service à Germaine de Gaillandre en la débarrassant de ce vilain homme. Hélas ! la pauvre Mme de Gaillandre devait rencontrer d'autres dangers où je ne pouvais rien pour la préserver. Et cependant se méfiait-elle assez des pièges de la vie et des embûches de la destinée !

Cela se voyait à tout ce que faisait la charmante femme pour détourner d'elle les mauvais sorts qui rôdent autour de nous. Elle s'entourait de toutes sortes de fétiches et d'amulettes, de porte-bonheur et de porte-veine de toutes les espèces. La main de Fathma qui pendait à la chaîne de la sonnette, la chauve-souris de bronze clouée au vantail, les tortues du petit jardin, les éléphants aux trompes hautes ou abaissées faisaient partie de cet arsenal défensif à l'abri duquel Mme de Gaillandre se réfugiait. Elle était absurdement et enfantinement superstitieuse et elle observait religieusement toutes les pratiques recommandées. Je n'énumérerai pas ses crédulités et tous les présages et pronostics auxquels elle était attentive. Elle croyait à la néfaste influence du nombre treize et du nombre seize, aux couteaux croisés, aux premières marches d'escalier montées du pied gauche, aux trois bougies, à que sais-je encore! Tout lui apparaissait comme plein de périls qu'il fallait conjurer certes, mais qu'il importait aussi de prévoir, ce pourquoi elle avait recours aux somnambules, aux devineresses, aux tireuses de cartes, aux chiromanciennes, à toutes les sortes de sybilles et de voyantes, à toutes les exploiteuses de notre crainte et de notre curiosité de l'avenir. De ses superstitions et de ses crédulités elle était la première à convenir et à se moquer pour qu'on lui en épargnât la raillerie, mais ces pratiques tenaient une grande place dans sa vie te elle conservait soigneusement dans un tiroir les trois épis de blé et le petit bout de bois qui sont le plus sûr talisman contre la mauvaise fortune et contre le mauvais sort.

Entre toutes ces sibylles, elle témoignait d'une particulière confiance envers celle qu'elle appelait en riant « l'Argus de la rue Greuze ». Au rebours de la plupart de ses congénères cette marchande d'avenir n'avait pas cru utile de se parer d'un pseudonyme sibyllin. Elle ne s'était dite ni de Cumes, ni d'Endor, ni de Memphis, et elle répondait tout bonnement au nom prosaïque de Quittenard. Mme Quittenard était une dame correcte et respectable, d'une soixantaine d'années, sagement corpulente, au visage plein, encadré de bandeaux grisonnants.

Elle avait les yeux petits et vifs, le nez flaireur et pointu. Elle ressemblait à une sorte de caissière tenant à jour le grand livre du Futur et elle exerçait cette fonction avec une modeste simplicité. Elle ne se vantait pas de tout savoir, mais se reconnaissait capable de soulever un coin du voile où s'enveloppe notre destinée. Toute science n'a-t-elle pas ses bornes et la sienne avait ses limites. Elle en convenait volontiers et cette réserve prudente ajoutait à l'autorité de ses oracles. J'ai plus d'une fois accompagné Mme de Gaillandre chez cette pythonisse en chambre. Elle occupait, rue Greuze, un appartement bourgeoisement meublé. Mobilier d'acajou, fauteuils Louis-Philippe recouverts de crin, lampes pourvues d'abat-jour en lithophanie, cartonniers. On se fût cru dans une agence de location et cela ne sentait nullement la sorcellerie ; ni chat noir au pelage satanique, ni crapaud familier. Mme Quittenard recevait une clientèle sérieuse. Elle ne tenait pas bureau d'avenir pour cocottes en quête d'entreteneurs ou pour dames du monde à l'affût de liaisons fructueuses. Des personnages connus s'étaient assis sur les fauteuils de crin de Mme Quittenard et avaient écrasé sur son parquet bien ciré les graines tombées des mangeoires de la cage où Mme Quittenard, en souvenir sans doute de la loge natale, enfermait quelques couples de serins des Canaries.

Bien que modeste, Mme Quittenard n'en éprouvait pas moins une légitime fierté de certaines belles réussites prophétiques. N'avait-elle pas prédit la mort violente du président d'une République sud-américaine et le tremblement de terre des îles Fidji ? Mais plus qu'aux catastrophes publiques ou mondiales elle s'intéressait aux désastres privés et cherchait dans leur prévision des moyens de les conjurer. Elle s'était fait une spécialité des affaires passionnelles. Le cœur n'a-t-il pas son avenir et l'amour ses destinées ? On venait chercher chez elle des conseils, des remèdes, des consolations ou des espoirs, surtout des espoirs, car nul ne renonce à être heureux et le bonheur est toujours le but de nos visées. Mme de Gaillandre, comme les autres, malgré sa sagesse apparente, conservait ce vœu secret, sans que pourtant elle se plaignît jamais de sa solitude sentimentale. Ses amis pouvaient croire qu'elle ne souhaitait rien d'autre que l'état présent où elle vivait. Ne l'entouraient-ils pas de leurs affectueuses attentions et n'y avait-il pas là de quoi lui suffire ? Un cercle d'amitiés ne peut-il pas rendre indifférent à l'amour ? Que pouvait souhaiter de plus une Mme de Gaillandre, jolie, intelligente, riche et indépendante ? Pourquoi sans cesse interroger l'avenir ? Qu'aurait-il eu de mieux à lui offrir ? Comment pouvait-elle perdre son temps avec une Mme Quittenard ? Ce fut ce que je me permis plus d'une fois de lui demander quand je fus entré assez avant dans sa charmante intimité.

Un jour que je lui posais cette question j'eus l'explication de l'ascendant qu'exerçait Mme Quittenard sur sa fidèle cliente. Germaine de Gaillandre m'avoua que, depuis quelque temps, toutes les opérations et tous les calculs de Mme Quittenard étaient unanimes à lui annoncer qu'un moment viendrait où sa vie changerait et qu'elle entrerait dans une ère nouvelle. A partir de cet instant, Mme de Gaillandre connaîtrait de nouveau cet état merveilleux qu'on appelle le bonheur. Le bonheur! Tandis qu'elle me faisait timidement cette confidence, je considérais son visage, si souvent anxieux, et, soudain, tout illuminé d'espérance et comme détendu de certitude. Ah! comme je souhaitais, et de tout cœur, que cette prédiction se réalisât! Pût Mme Quittenard avoir dit vrai! Selon elle, Mme de Gaillandre connaîtrait le bonheur quand elle approcherait de quarante ans, mais elle le connaîtrait complet, absolu. Ainsi elle avait encore à attendre, mais après tout, pourquoi le bonheur ne viendrait-il pas un jour vers cette charmante femme? Le bonheur n'est pas impossible et ne pouvons-nous en posséder au moins l'illusion? N'ai-je pas cru, moi, l'avoir trouvé?

Je ne vous dirai pas les circonstances de ma vie qui m'en donnèrent l'illusion. C'est une autre histoire et je ne vous la conterai pas. Elle fut la cause que je quittai Paris et que je crus m'en éloigner définitivement. Je me fixai à l'étranger sans idée de retour. Ce départ me sépara de Mme de Gaillandre, mais nous continuâmes à échanger des messages d'amitié, jusqu'au jour où mes lettres restèrent sans réponse. J'y fus, je l'avoue, assez indifférent. Le cœur a des égoïsmes subits qui nous concentrent uniquement sur nous-mêmes. Que m'importait alors tout ce qui ne se rapportait pas à mes préoccupations actuelles ? Elles étaient cruelles.

Cependant un moment vint où je vis clair dans ma folie et dans ma douleur. Je rompis brusquement le lien qui m'attachait à un esclavage indigne. Une période de mon existence était terminée et mon exil n'avait plus de raison d'être. Il ne me restait plus qu'à tenter de renouer avec le passé. J'avais une famille, des amis et je me résolus à revenir en France. Parmi les souvenirs qui m'y attiraient, celui de Germaine de Gaillandre était présent. Nous nous pardonnerions notre mutuel silence. Je savais que je pouvais compter sur son indulgence. Mais qu'était-elle devenue ? La retrouverais-je en sa petite maison d'Auteuil, avec ses tortues et ses éléphants porte-veine, en sa foi aux prédictions de l'honorable Mme Quittenard ?

Dès mon arrivée à Paris, une de mes premières courses me conduisit vers

Auteuil. La maison était inhabitée, les persiennes fermées, la grille du petit jardin close. Plus de tortues dans les allées. Cet aspect d'abandon me remplit de mélancolie. Tout change avec le temps, les lieux comme les êtres. Des petites sociétés que je fréquentais combien subsistaient encore ? Que de noms la mort rature sur notre livre d'adresses ! En ces pensées moroses, je me dirigeai vers le cercle dont je n'avais jamais cessé de faire partie. Là aussi, je trouverais sans doute des changements quoique ces institutions aient une constance d'échiquiers où se meuvent des pions équivalents. Il y avait peu de monde dans les salons et j'allais m'asseoir dans un des grands fauteuils de cuir favorables à la réflexion et si peu en accord avec ces lieux où, d'ordinaire, on pense peu, quand, du siège voisin, je vis se lever comme mû d'un ressort le comte de Barnejac. Je supposai tout d'abord que c'était mon indésirable présence qui le mettait ainsi debout; aussi fus-je quelque peu étonné de le voir se tourner vers moi, l'air gracieux et la main tendue. L'absence et le temps avaient sans doute apaisé ses vieilles rancunes; les miennes étaient loin, et puis ne faisait-il pas partie, ce Barnejac, d'un passé vers lequel j'étais revenu pour rapprocher les débris vivants que j'en retrouverais?

Nous nous mîmes donc à causer et M. de Barnejac commença, comme de juste, à parler de lui-même. Durant mon absence il avait rompu le silence artistique qu'il s'était imposé si longtemps. Il s'était enfin, comme il disait, « manifesté ». Le résultat de cette manifestation ne lui avait probablement pas procuré les satisfactions qu'il en attendait. Ni l'opéra qu'il avait fait jouer, ni le volume de poésies qu'il avait publié, ni les toiles qu'il avait exposées n'avaient échappé à la critique. D'ailleurs, comment s'attendre à quelque justice de la part d'un public imbécile et d'une presse vénale ? Quant aux prétendues « élites », elles jalousent quiconque d'elles se distingue de leur médiocrité. Il est vrai que tout cela n'avait aucune importance. Quand on porte un nom aussi chargé d'illustrations que celui de Barnejac quelle sorte de gloire y pourrait-on bien ajouter par la plume, le pinceau ou la lyre ? Néanmoins, malgré le ton d'ironie hautaine et dédaigneuse qu'il affectait, il était sensible que M. de Barnejac avait conservé, de cette aventure et de cette mésaventure dans le domaine des arts, une profonde amertume. J'en eus la preuve par le méchant plaisir qu'il prit à m'annoncer tous les malheurs qui avaient frappé de diverses façons nos amis de jadis. Que l'un eût été ruiné par des spéculations malheureuses, qu'un autre fût devenu infirme, que tel autre fût mort, tout cela semblait à M. de Barnejac une juste compensation à ses déboires personnels. Il en tirait une consolation qui s'exprimait sur son visage par un visible contentement. Le malheur d'autrui lui causait une joie sincère. Il avait ainsi passé en revue la plupart de nos anciennes connaissances communes, prélevant au passage la moisson d'événements fâcheux les concernant et je remarquai qu'il n'avait pas prononcé le nom de Mme de Gaillandre. Voyant cela, je pris le parti de la nommer moi-même et à peine l'eus-je fait que je vis M. de Barnejac prendre une furieuse figure et, du coup, son fausset passa au plus aigu :

— Germaine de Gaillandre! Ah! celle-là, par exemple, c'est bien autre chose!

Comment! vous ne savez donc rien? — s'écria-t-il avec une mauvaise humeur rageuse qu'il ne put dissimuler, — Germaine de Gaillandre, elle a fait une fin et une fin assez inattendue, mon cher! elle est mariée, et mariée d'amour, ce qui plus est. Figurez-vous qu'elle s'est toquée comme une folle d'un garçon de dix-huit ans, beau comme le jour. Elle l'a vu, elle l'a enlevé et, dit-on, épousé... C'est de la démence. On s'aime, on s'adore, on vit seuls à l'écart du monde, sur les lacs italiens, et on est heureux, heureux, heureux...

Et M. de Barnejac fit une grimace douloureuse. Le malheur des autres ne compensait pas le mal que lui faisait le bonheur d'autrui.

Le bonheur, le bonheur complet, absolu, n'était-ce pas ce que l'honorable Mme Quittenard, de la rue Greuze, avait prédit à Germaine de Gaillandre? Pour une fois que se réalisait une prédiction de devineresse, cela tombait bien. J'imaginais le visage de Germaine. Il devait avoir perdu son anxiété de jadis et être maintenant tout illuminé de certitude heureuse. Cette idée me fut si agréable et me causa tant de plaisir que M. de Barnejac ne put supporter ma vue davantage. Il grommela je ne sais quoi, et en prenant congé de moi assez aigrement, il me lança cette pointe barnejacienne :

— Allez donc voir le peintre Massot, il pourra vous renseigner mieux que moi sur ce roman idyllique, car c'est chez lui que la belle a rencontré son jouvenceau, mais vous n'en êtes plus un, vous, de jouvenceau, mon cher !

Et il me tourna le dos après m'avoir tendu sa main griffue, ridée et sèche comme une feuille morte.

Je suivis le conseil ironique de M. de Barnejac et le lendemain, je me rendis chez Massot. Je grimpai les cinq étages jusqu'à son atelier et je m'aperçus, en effet, en les grimpant, que je n'étais plus un jouvenceau! Pendant que la vieille bonne prévenait le peintre de ma visite, je regardais les toiles accrochées au mur. C'étaient quelques-unes des lumineuses études que Massot avait rapportées de l'Inde et où se groupaient des personnages vêtus de jaune, de vert tendre ou de rose pâle, chaussés de sandales et la tête enturbannée. Cette vue me faisait penser au salon indien de la petite maison d'Auteuil et à Germaine de Gaillandre, au temps où Massot le « Fakir », comme nous l'appelions, faisait tourner les tables et y évoquait l'esprit de ce sire de Barnejac qui, durant la guerre de Cent ans, avait probablement contribué à procurer aux Anglais la capture de Jeanne d'Arc. Comme je rêvais ainsi Massot parut. Il était toujours le « Fakir », toujours aussi maigre, toujours aussi long. L'excellent homme m'accueillit avec amitié. Je lui racontai ma rencontre au Cercle avec Barnejac. Que fallait-il croire de ses racontars ?

Des racontars, ce n'en étaient point et Barnejac ne m'avait dit que la vérité. C'était bien chez Massot que Germaine de Gaillandre avait rencontré Jean de Querdrun. Massot connaissait le père de ce jeune homme, une vieux fou qui habitait une gentilhommière sinistre en pleine Champagne pouilleuse. Jean de Querdrun, ses études achevées au collège de Rethel, était venu faire son droit à Paris et Massot l'avait reçu chez lui sur la recommandation du père Querdrun. C'était d'ailleurs un charmant garçon, d'une beauté vraiment admirable. Il avait tout, la race, l'élégance, la grâce, la séduction, la distinction et comptait sans doute sur son beau physique pour charmer ses examinateurs, car il ne faisait exactement rien de rien. Il remplaçait les cours de l'École par la fréquentation des salles de gymnastique et de boxe, car il était d'une force corporelle remarquable. Ces soins pris, il vivait fort sagement, d'une modeste pension que lui faisait son père. Il en dépensait une bonne partie chez le coiffeur et la manucure, car il était extrêmement occupé de sa personne. Il passait beaucoup de temps à sa toilette, mais ces coquetteries s'adressaient à lui-même, car les femmes semblaient ne tenir aucune place dans sa vie. Avec cela, très bien élevé, mais très secret et même assez mystérieux. Massot s'était demandé plus d'une fois ce que cachait cette réserve, puis il avait fini par considérer Jean de Querdrun comme demeuré très enfant en son adolescence et sa beauté de jeune dieu.

Le voyant souvent venir à son atelier et y passer des journées à feuilleter silencieusement des albums de croquis et à fumer des cigarettes, Massot lui avait, un jour, demandé de lui poser une figure d'un de ses tableaux. Ce fut à cette occasion et en costume de prince indien que Germaine de Gaillandre avait vu pour la première fois Jean de Querdrun. La séance terminée, ils avaient quitté ensemble l'atelier. Depuis, Massot n'avait plus revu Germaine de Gaillandre ni

Jean de Querdrun. Que s'était-il passé entre eux ? Massot l'imaginait assez bien. De la part de Mme de Gaillandre cela avait pu être le coup de foudre, l'irrésistible affolement sentimental et sensuel, une de ces passions soudaines qui ne connaissent plus qu'elles-mêmes, si violentes, si contagieuses que n'y résistent pas plus ceux qui les inspirent que ceux qui les ressentent, ou bien Germaine de Gaillandre avait-elle cédé, sans résistance et par surprise, à quelque audace de jeunesse ? Ce qui était plus probable, c'est qu'elle avait bondi avec toute la fougue de sa maturité secrètement ardente sur cette magnifique occasion offerte comme une revanche à sa longue solitude. Quant à lui, tel que le jugeait Massot, il avait dû « se laisser faire », flatté de l'effet que produisait sa beauté. Sans doute avait-il obéi plus à la vanité qu'à l'amour.

Était-il capable d'amour et incapable de calcul ? Massot l'ignorait. Tout ce qu'il savait, il l'avait appris par une lettre reçue quelques jours après la rencontre à son atelier, lettre signée des deux amoureux qui lui annonçaient leur départ pour l'Italie, pour le pays du rêve et du bonheur. Mais étaient-ils heureux ?

Sur ce point Massot me rassura complètement. Le couple semblait jouir d'un bonheur parfait. Ce bonheur, quelques mois après sa fugue, Germaine de Gaillandre avait souhaité le légaliser en épousant, à trente-neuf ans, Jean de Querdrun qui en avait dix-huit. Massot avait été chargé d'obtenir du père de Jean l'autorisation à cette union, mais, à ces ouvertures, le vieux gentilhomme champenois avait répondu par un refus. Depuis quand les blancs-becs se marient-ils sans même avoir terminé leurs études ? Un garçon qui n'avait pas même pris sa seconde inscription à la Faculté de Droit ! C'était à pouffer de rire. Et puis, il avait fait choix pour son fils d'une petite-cousine qui serait pour lui la femme qui convenait. Que M. Jean de Querdrun courût quelque peu l'aventure, si cela lui plaisait! On en verrait la fin, et le gaillard reviendrait bien au bercail. « Et je vous jure, ajoutait M. de Querdrun père, qu'il n'y rentrera qu'avec la robe d'avocat ! » Massot n'en avait rien pu tirer d'autre. Cette réponse communiquée à Mme de Gaillandre ne l'avait pas trop émue et lui était parvenue dans la villa qu'elle avait louée à Stresa, sur le lac Majeur, et où « elle cachait son bonheur », ce bonheur qui affligeait tant M. de Barnejac et qu'elle avait trouvé, sinon dans le mariage, du moins dans l'amour.

En nous quittant, Massot m'avait dit :

« Vous devriez lui écrire. Elle vous aimait beaucoup, Germaine, et je suis sûr qu'elle serait contente d'avoir de vos nouvelles. Et puis, depuis que dure sa retraite en Italie, elle doit commencer à attendre le courrier. La preuve c'est que, le mois dernier, elle m'a demandé si je ne viendrais pas lui rendre visite. J'y serais allé bien volontiers, mais l'état de mes reins ne me permet plus guère de déplacements. N'en dites rien à ce bon Barnejac, si vous le voyez, il serait trop content, car vous connaissez ses plaisirs, et le témoignage d'amitié qu'il aime le mieux donner à ses amis est de suivre leur « convoi, service et enterrement ». C'est une belle âme. »

Je suivis le conseil de Massot et j'écrivis à l'adresse qu'il m'avait donnée une longue lettre à laquelle Germaine de Gaillandre répondit sur le ton le plus affectueux. Elle n'avait rien oublié de notre ancienne amitié et nos silences réciproques n'y avaient rien changé. Il y a, dans la vie, des circonstances, soit heureuses, soit malheureuses, qui font qu'elles nous bornent momentanément à nous-mêmes sans altérer les sentiments que nous conservons pour autrui. Elle me disait que, Massot m'ayant mis au courant des événements qui avaient transformé son existence, elle me connaissait assez pour être sûre de la part que je prenais à son bonheur. Elle m'avouait qu'il était complet, absolu, et que la prédiction de Mme Quittenard s'était magnifiquement réalisée. Une présence adorée illuminait ses heures. Certes, elle n'avait plus besoin de rien ni de personne, mais ses anciens amis lui étaient toujours chers, quoique son bonheur eût éloigné d'elle un certain nombre d'entre eux, mais elle en était d'autant plus reconnaissante à ceux qui lui étaient restés fidèles de cœur et de pensée. Puisque j'étais de ceux-là, elle serait contente de me revoir et de me faire connaître son bien-aimé Jean. Que je vinsse donc passer quelques jours à Stresa, je leur ferais plaisir à tous deux. Le pays qu'ils habitaient était fort beau en cette saison et la villa qu'ils occupaient était située en face des Iles Borromées. Si je m'ennuyais de leur compagnie, je pourrais aller m'en distraire à Milan. Eux ne quittaient guère leur maison et leur jardin.

JE ne me rendis pas immédiatement à l'invitation de Germaine de Gaillandre et je menai durant quelques semaines à Paris une existence assez mélancolique. J'avais des dispositions à prendre en vue de l'avenir, mais que serait le mien ? Plus d'une fois, j'eus la velléité d'aller, moi aussi, consulter Mme Quittenard, mais cette idée me faisait vite hausser les épaules. M'eût-elle, comme à Mme de Gaillandre, prédit toutes les félicités, je n'eusse guère cru à sa prédiction. N'avais-je pas eu pendant quelque temps l'illusion d'être heureux et que peut-on espérer de plus ? Plût au ciel qu'il n'en fût pas de même pour Germaine de Gaillandre et que son bonheur fût durable, quelque tardif qu'il eût été et si aventureux qu'il me parût ! Et quel bonheur, le bonheur dans l'amour ! Qu'est-il, hélas, de plus fragile ! Et puis, ce garçon si jeune et cette femme de quarante ans ! Oui, mais il y a dans les femmes de telles ressources de jeunesse qu'elles arrivent à déjouer la nature, et il y a tant de magie dans le fait d'aimer et d'être aimée !

Je m'en aperçus quand Germaine de Gaillandre vint me chercher à la gare de Stresa dans la petite voiture qu'elle conduisait elle-même. Elle était bien toujours la Germaine « d'avant », mais il y avait en elle on ne savait quoi d'assuré et de radieux ; sur son visage rayonnait une expression de confiance, de sécurité et de certitude. Plus rien de cette anxiété qui s'y lisait auparavant. Tout en elle participait de cette assurance heureuse.

Ses mouvements avaient plus de précision et de vivacité. Ce changement s'accusait dans toute sa manière d'être, dans ses gestes, dans ses regards, dans sa voix. Je la regardais avec un vrai plaisir. Elle était très élégamment, mais très simplement vêtue et je remarquai qu'elle ne portait plus aucun bijou. Ni bagues, ni bracelets, ni son beau collier de perles habituel. En cette « nudité » elle était plus charmante que jamais. Je le lui dis et elle sourit de son plus jeune sourire.

— On voit, n'est-ce pas, que je suis heureuse? — me dit-elle et, comme je me taisais, elle ajouta :

— Heureuse, oui, immensément. Comment ne le serais-je pas? Jean est si beau, si bon! D'ailleurs vous allez le voir.

La voiture s'était arrêtée devant une haie fleurie où s'ouvrait une porte rustique. Nous descendîmes. Elle attacha le cheval à un anneau et nous pénétrâmes dans le jardin. Je pensais aux tortues porte-veine du jardinet d'Auteuil. Ici, Germaine de Gaillandre n'avait plus besoin de ces fétiches. Lorsque nous fûmes arrivés auprès de la maison, elle s'arrêta et appela :

— Jean, Jean...

Tout l'amour chantait dans la fraîche jeunesse de sa voix. A l'appel de Germaine de Gaillandre la porte de la maison s'ouvrit.

Il était vraiment d'une remarquable beauté, de belle taille et de beau visage. Il eût été partout remarqué, mais quel besoin avait-il, pour jouer son rôle de jeune amant aimé de s'affubler d'un costume qui sentait le bal masqué et le théâtre? Il portait un vêtement de soie indienne où étaient tissées des fleurs orientales, en semis et en bouquets, rehaussées d'un filigrane d'or. Ce vêtement était fermé par des boutons en diamants. Cette parure singulière était complétée aux poignets par des bracelets et au cou par le fameux collier de perles. Jean de Querdrun portait les bijoux de sa maîtresse. Je reconnaissais à ses doigts surchargés les bagues de Germaine de Gaillandre. Jean de Querdrun ne semblait pas s'apercevoir de mon étonnement. Il semblait aussi à l'aise dans ce déguisement oriental et enjoaillé que si c'eût été un complet de confection acheté à la *Belle Jardinière*. Il ne montrait également aucun embarras de sa situation de Prince Charmant. Il s'enquit avec politesse si j'avais fait un bon voyage et me demanda avec intérêt des nouvelles de Massot. Il semblait doux, réservé, très gentil en somme, en son bizarre accoutrement. Soudain Germaine de Gaillandre se tourna vers moi. Elle tenait Jean par la main, et, cette main, je la vis la baiser avec passion.

— Voilà mon bonheur et ma vie, — me dit-elle et elle baisa de nouveau les doigts bagués du jeune homme.

Jean de Querdrun ne semblait nullement gêné de cette expansive tendresse. Il jouait, d'un air distrait, avec les perles de son collier. Quand Mme de Gaillandre m'offrit de me conduire à ma chambre, il ne nous accompagna pas. Une fois seuls, elle m'interrogea :

— Comment le trouvez-vous?

Et sans attendre ma réponse, et comme pour répondre à la remarque que j'eusse pu faire, elle continua :

— Oui, il aime s'habiller ainsi. Cela l'amuse et puis il a tant de goût! cela m'amuse aussi de le voir porter mes bijoux. Que voulez-vous? C'est un véritable enfant et cet enfantillage est bien inoffensif. Il a si peu de distractions. Cela l'occupe de se parer et de se costumer. Il est si beau, n'est-ce pas ? mon Prince des Mille et une Nuits. Et puis ne vivons-nous pas un rêve ?

J'acquiesçai et nous descendîmes dîner.

Le repas fut gai. Le crépuscule tombait lentement sur le lac. Les montagnes devenaient violettes. Sur la rive de Pallanza, les premières lumières s'allumaient. La table était dressée dans le jardin et finement servie, car le Prince Charmant était gourmet. Je sus bientôt qu'il commandait les menus et, comme on dit, « qu'il s'occupait de la maison ». Au dessert, il tira de sa poche une pipe. Elle était en écume, doublée en or et le tuyau était entouré d'un cercle de petits rubis. Sous les regards extasiés de Germaine, il semblait, lui aussi, parfaitement heureux. Il paraissait avoir accepté de bonne grâce et avec naturel sa situation d'idole et se prêtait à l'adoration dont il était l'objet avec une simplicité désarmante.

Je ne fus pas, durant les quelques jours que je passai à Stresa, sans faire quelques observations. J'avais trop d'affection pour Germaine de Gaillandre pour ne pas m'inquiéter des suites de cette fugue paradoxale et de l'issue qu'elle pourrait avoir. Assez vite je m'aperçus que Germaine vivait dans l'absolue sécurité de son bonheur. L'avenir n'existait plus pour elle que comme une continuité indéfinie de jours heureux et chacun de ces jours était pour elle une coupe de joie qu'elle vidait, les yeux fermés, et qu'elle trouverait aussi pleine le lendemain. Sa seule occupation, sa seule pensée était ce garçon dont la beauté l'éblouissait comme l'eût fait quelque présence divine. Ses heures se passaient dans ce culte. Il était le seul sujet qui l'intéressât et elle me parlait de lui intarissablement quand il s'éloignait pour prendre quelques-uns de ces soins domestiques sur lesquels elle lui laissait la haute main. Hors lui et son amour, rien n'existait pour elle. Elle avait tout oublié, y compris son âge, son âge à elle, ce qui était assez naturel, car l'amour lui avait donné un étonnant renouveau de jeunesse. Quand ils se tenaient l'un près de l'autre, ils formaient un couple qui n'avait rien de disparate, et presque fraternel. La prédiction de Mme Quittenard s'était vraiment réalisée pour Germaine. Elle avait trouvé le bonheur et elle l'avait trouvé dans l'amour, car elle aimait éperdument et follement, mais était-elle aimée comme elle aimait? Certes Jean de Querdrun se prêtait de bonne grâce, comme je l'ai dit, au culte dont il était l'objet, mais quel sentiment éprouvait-il envers cette adorante qui avait mis sa vie à ses genoux ? Visiblement il était flatté de la passion qu'il inspirait, mais jusqu'à quel point la partageait-il ? Quoi qu'il en fût il s'y montrait soumis et obéissant, et se conformait à toutes les façons que doit avoir un parfait amant, à quoi il ne semblait, d'ailleurs, éprouver aucune peine, car il était facile de s'apercevoir que Germaine lui plaisait et qu'il ressentait pour elle un vif attrait, mais cet attrait allait-il plus loin qu'un goût physique et quelle part y avait le plaisir des mille gâteries dont il était comblé ? Elles entraient certainement en compte. Jean de Querdrun avait été préparé par la nature au personnage qu'il tenait. Tout soin donné à sa personne lui causait un contentement infini. Les étoffes brillantes, les bijoux le fascinaient véritablement et il éprouvait à s'en parer une joie enfantine, mais quelque peu inquiétante. Cela se manifestait à la façon dont il maniait les grosses perles de son collier et dans la sensualité avec laquelle il s'en caressait la peau. Il était curieux à observer devant les miroirs. Il s'y contemplait avec complaisance. Il avait l'air de s'y rendre hommage et d'ajouter sa propre admiration à celle que Germaine lui témoignait. A ces moments je voyais son regard quêter la mienne. J'entrai volontiers dans le jeu et bientôt nous devînmes très bons amis.

Je tentai de profiter de cette amitié pour tâcher de voir clair en ce garçon tout de même assez énigmatique. J'essayai de lui poser quelques questions sur Germaine et le sentiment qu'il pouvait avoir pour elle. Il parlait d'elle volontiers, mais un peu comme il eût parlé d'un camarade. Sans doute était-ce là de la discrétion et il n'y avait pas à l'en blâmer. Il se pouvait fort bien qu'il fût de bonne foi fort amoureux de Germaine, mais incapable de se rendre compte exactement de la psychologie de son amour. D'ailleurs il me paraissait d'intelligence assez ordinaire, mais une parfaite éducation, beaucoup de tact et de réserve lui tenaient lieu de ce qui lui manquait et dont Germaine ne paraissait guère s'apercevoir qui manquât à son Prince Charmant. Lui se laissait adorer, choyer, parer avec une tranquille satisfaction. Tout était donc pour le mieux, cependant je ne pouvais m'empêcher de penser que cette sorte d'euphorie où vivaient les amants de Stresa ne durerait pas éternellement, car rien ne dure en ce bas monde, mais Germaine, pas plus que Jean, ne semblaient prévoir que rien pût jamais changer le cours de leur destinée amoureuse. Ce fut en cet état de sécurité parfaite que je les quittai pour rentrer à Paris. Quelques jours après mon retour, je rencontrai Barnejac au Cercle. J'évitai de lui parler de mon voyage et nous ne prononçâmes pas le nom de Germaine de Gaillandre. Avec Massot, que j'allai voir à son atelier, il n'en fut pas de même. Je lui racontai ma visite à Stresa et lui fis part de mes impressions. Quand je finis, il me dit :

— Tout cela, mon cher, est bien singulier, mais, en amour, tout est possible.

Et, pour conclure, il laissa tomber, ce seul mot :

— Attendons.

J'ATTENDIS deux ans et, durant ces deux années, je reçus assez régulièrement des nouvelles de Germaine de Gaillandre lorsque, un soir du mois de juin, en rentrant chez moi, je trouvai un télégramme posé en mon absence sur un coin de ma table. Il ne contenait que ces mots :

Arriverai mardi neuf heures trente. Seule. Venez gare. — Germaine.

A cet appel, je compris qu'une catastrophe s'était produite. Je tenais à la main la feuille de papier bleu. Je revoyais la petite maison de Stresa, le jardin, le lac et, dans le lointain, Pallanza, et Germaine debout auprès du jeune magicien de son bonheur. La belle coupe où elle avait bu le philtre d'enchantement s'était brisée. Pauvre Germaine !

Ce fut, en effet, une pauvre femme que je vis, le lendemain matin, descendre du train, « seule » comme elle me l'avait télégraphié. Hélas! ce n'était plus la Germaine des beaux jours italiens, la femme rajeunie par l'amour et le bonheur. C'était, soudain vieillie et cruellement ravagée par l'insomnie et les larmes, la Germaine de jadis sur le visage de qui se lisait alors un peu d'anxiété, anxiété qui maintenant était changée en une angoisse déchirante et torturée. Il exprimait aussi, ce visage bouleversé, une sorte de surprise égarée devant l'imprévu, une sorte d'étonnement tragique. En me voyant, elle essaya de me parler, mais les sanglots l'étranglaient. Les larmes coulaient sur ses joues pâlies en longues perles douloureuses. J'avais pris entre les miennes ses mains glacées.

— Alors, il est parti?

Elle fit signe que oui.

Ce ne fut qu'une fois chez moi que je pus obtenir de Germaine de Gaillandre quelques éclaircissements. Il n'y avait eu entre eux ni querelles, ni disputes, ni aucun désaccord, rien qui eût pu laisser prévoir cette fuite soudaine et inexplicable. Depuis le jour où je les avais quittés ils avaient continué à vivre dans la même intimité, dans le même bonheur dont j'avais été témoin. Aucun nuage n'avait terni la lumineuse monotonie de leur admirable félicité. Jean avait toujours été le Jean que j'avais connu, doux, bon, assez silencieux, occupé des mêmes amusements. La veille, il avait essayé un nouveau costume, taillé en de vieilles étoffes persanes, puis il s'était retiré de bonne heure, prétextant un léger mal de tête. Le lendemain matin, on avait trouvé sa chambre vide. Toute la journée s'était passée sans qu'il revînt. Les recherches avaient été vaines. Aucun accident cependant n'avait été signalé. Enfin on apprit du chef de gare de Stresa que M. de Querdrun avait pris le train pour Paris. Alors elle était accourue... Je l'écoutais en silence. Comme c'était simple le malheur! Une chambre vide, une présence disparue et la vie n'est plus la vie!

Je réussis à calmer ce premier flot de désespoir et lui dis ce que je pus pour la rassurer... On retrouverait le fugitif et tout s'expliquerait. Ce n'était qu'une fugue sans importance, quelque caprice d'enfant gâté, quelque mauvaise plaisanterie d'amoureux. Peut-être Massot saurait-il quelque chose. Il télégraphierait au père de Jean. Peut-être était-ce là que ce singulier garçon était allé ruminer quelque grief imaginaire? Et je me fis répéter de nouveau les circonstances de sa fuite. Bientôt je m'aperçus que Germaine de Gaillandre ne m'avait pas tout dit. Il lui restait à m'en confier la circonstance la plus pénible. Le Prince Charmant avait emporté avec lui les plus beaux bijoux de sa maîtresse, sans oublier le collier de perles pour lequel il avait un goût tout particulier. Cette fois, l'affaire devenait sérieuse et se compliquait en changeant de caractère. Le Prince Charmant avait poussé un peu loin les droits de l'amour. Cependant si ni Massot, ni Querdrun père ne savaient rien de Jean de Querdrun, à qui s'adresser et comment le retrouver sans recourir à la police? Cette idée terrifiait la pauvre Germaine... Que lui importaient ses bijoux ! Ce qu'elle voulait, c'était son bonheur, ce bonheur qu'elle ne pouvait croire définitivement perdu, l'être adoré sans qui elle ne pouvait vivre. La voyant dans cet état d'extrême exaltation et d'affreux désespoir, j'essayai de tirer parti de ce rapt de bijoux pour la persuader que, si Jean de Querdrun était parti ainsi en s'appropriant des objets qui ne lui appartenaient pas et dont il savait la valeur, c'était une preuve que son départ était dû à quelque cause qu'il finirait par avouer. Rien, après tout, ne permettait de croire que ce garçon fût un vulgaire voleur.

C'était également l'avis de Massot que j'avais mis au courant des événements. M. de Querdrun le père avait répondu au télégramme du peintre qu'il ignorait absolument où était son fils, mais qu'il n'était guère en peine de ce « beau merle » qui avait bien dû trouver un autre nid. J'avais décidé la pauvre Germaine à camper provisoirement dans sa maison d'Auteuil. Elle était persuadée maintenant que Jean était mort, qu'il avait voulu « mourir en beauté » avec ces joyaux dont il avait tant aimé à se parer. Cependant les jours passaient et il y avait une semaine que Jean de Querdrun avait disparu quand, en entrant dans le salon où d'ordinaire la pauvre femme passait, étendue sur un divan, des heures désespérées, je la vis qui m'attendait debout et prête à sortir. L'idée lui était venue soudain d'aller rue Greuze consulter Mme Quittenard. Elle seule pourrait lui révéler le sort de Jean de Querdrun. Comment n'y avait-elle pas songé plus tôt !

Quoique je n'eusse pas grande confiance dans le résultat de cette consultation, j'acceptai de conduire Mme de Gaillandre chez Mme Quittenard. Ce serait à tout le moins une diversion à son chagrin. Nous voilà donc, Germaine et moi, dans le salon d'attente de Mme Quittenard. Hélas, ce n'est pas assez de prédire le bonheur, il faudrait encore en assurer la durée! Nous n'attendîmes pas longtemps et bientôt nous pénétrâmes dans l'antre de la Sibylle où, comme je l'ai dit, on ne voyait ni trépied, ni rameau d'or. Mme Quittenard écouta très attentivement ce qu'avait à lui dire Germaine de Gaillandre. Ah! si seulement elle pouvait revoir un instant son Jean bien-aimé! Elle était bien certaine qu'il lui reviendrait. Et comme elle lui pardonnerait de bon cœur les tourments qu'il lui causait, en souvenir du bonheur qu'il lui avait donné et dans l'espoir de celui qu'elle était prête à recevoir de lui, de nouveau!

Lorsqu'elle eut fini de parler, Mme Quittenard réfléchit un instant. Elle semblait hésiter. Tout à coup, elle se décida :

— Voyons, ma petite dame, alors c'est si sérieux que cela et vous tenez absolument à retrouver votre petit ami ? C'est bien naturel et je vous comprends. Moi aussi, j'ai eu mon temps et je n'ai pas manqué de cœur. Oui, vous voulez savoir. Vous voudriez encore retourner la bonne carte, mais j'ai mieux : j'ai mon fils, un homme très distingué et qui est employé à la Préfecture. Je vais lui demander de nous aider. Ne craignez rien, il est discret, et ayez bon espoir. Nous le retrouverons, ce jeune lâcheur! Voyons, avez-vous quelques indices ? Une bonne photographie ?

Nous quittâmes Mme Quittenard après une assez longue conversation, durant laquelle Mme Quittenard me lança plus d'un coup d'œil à la dérobée, si bien que je compris qu'elle désirait me parler seul à seule; aussi, après avoir ramené à Auteuil Germaine de Gaillandre, repris-je le chemin de la rue Greuze. Dans cette seconde entrevue, je crus utile d'apprendre à Mme Quittenard l'épisode des bijoux dérobés et quelques autres particularités du Prince Charmant, son goût, par exemple, pour la parure, le costume et les déguisements. Ces renseignements semblèrent intéresser vivement Mme Quittenard. Elle les jugeait propres à la diriger dans ses recherches.

TROIS jours après ce colloque, je reçus un mot de Mme Quittenard, me priant de vouloir bien passer chez elle. A peine fus-je en sa présence, je compris à son air de satisfaction que son enquête avait donné des résultats. Nous allions donc avoir le mot de l'énigme et savoir pourquoi M. Jean de Querdrun avait brusquement faussé compagnie à Mme de Gaillandre et n'était pas parti les mains vides...

Mme Quittenard ne me fit pas trop languir.

— Je vous dirai, tout d'abord, mon cher monsieur, que je comprends le chagrin de cette pauvre petite femme : c'est dur d'être abandonnée ainsi par un si beau garçon, car mon fils m'a dit qu'il n'y a pas plus beau que ce jeune Monsieur que je ne crois pas qu'il lui revienne jamais, mais passons. Or donc, mon fils s'est mis en campagne et n'a pas été long à suivre la bonne piste. Je vous fais grâce des détails et voici tout de suite où cette piste l'a mené, droit au petit appartement du quartier latin où habitait notre gibier avant que le levât ma cliente, appartement qu'il avait conservé en l'accompagnant en Italie, et dont il payait soigneusement les termes sur l'argent de poche qu'elle lui donnait. Quand mon fils y a été introduit, il a trouvé Monsieur Jean assis tranquillement à sa table de travail, ses livres de droit ouverts devant lui, sage comme une image. Alors mon fils a pris sa grosse voix et lui a reproché les inquiétudes qu'il avait causées à sa belle amie et aussi son procédé par rapport aux bijoux. Lorsqu'il a su qu'il fallait les rendre, il a reçu un coup, et il était tout pâle quand il les a sortis de son tiroir : ils y étaient tous et il les a remis sans résistance à mon fils, mais lorsqu'il a fallu se séparer du collier, ma parole, il s'est mis à pleurer comme un gosse à qui on reprend un jouet. Il les aimait, ces grosses perles. Alors mon fils, qui est bon diable, malgré sa forte moustache, lui a demandé pourquoi, s'il tenait tant à ce collier, il s'était sauvé de chez la jolie dame qui l'aimait bien. A cette question, il a pris l'air buté, puis il a fini par déclarer que c'était parce qu'il « en avait assez », et pas moyen d'en tirer autre chose. Il a cependant ajouté qu'il était rentré chez lui pour « achever son droit » et ensuite épouser une petite jeune fille de son pays. Mon fils a été un peu étonné, car il avait cru comme moi, vu le goût de ce garçon pour la fanfreluche et la bijouterie, qu'il était de ceux qui essayent des femmes pour être bien sûrs qu'elles ne sont pas leur vocation et qu'avec elles ils ne sont pas dans leur nature. Mais non, nous nous étions trompés. C'était bien parce qu'il « en avait assez » qu'il avait fichu le camp et qu'il était revenu à ses bouquins, qu'il avait dit adieu au « grand amour ». J'en suis bien fâchée pour son amoureuse qui est si sympathique, mais rien à faire pour elle! C'est si têtu, à cet âge, ces petits! Que voulez-vous, elle l'avait choisi trop jeune. Ils sont tous comme ça. Ça aime sans savoir pourquoi, puis ça cesse d'aimer, un beau jour, sans plus de raison. L'amour, pour eux, c'est un jeu qui amuse, puis qui n'amuse plus, cric et crac! et ils s'en vont en laissant les cartes sur la table. Celui-ci avait emporté avec lui les jetons, ce qui ne se fait pas, mais les personnes qui veulent que la partie soit jouée dans les règles, il faut qu'elles choisissent un partenaire sérieux. Prendre un novice! Quelle folie! Est-on jamais sûr de rien avec ces freluquets! Celui-là était gentil, pourtant, mais avec lui, c'est fini, archifini. Il faut que votre amie en fasse son deuil. Je sais bien que c'est pénible. Dites-lui que, cependant, elle ne m'adresse pas de reproches. Je lui avais prédit le bonheur; il faut bien que nous le prédisions, nous autres, marchandes d'avenir : c'est notre métier. Il ne faut pas qu'elle m'en veuille, cela me ferait de la peine. Après tout, elle a été heureuse pendant trois ans. C'est un beau souvenir. Il faut se contenter de ce qu'on a eu et elle n'a pas été trop mal partagée. Cela aurait pu plus mal finir; le petit ne l'a ni trahie, ni trompée, il est parti, et pas très bien, mais enfin, grâce à mon fils, ça s'est arrangé sans histoire. Mon fils ira vous porter demain ce que vous savez ; le reste s'arrangera avec le temps. Peines d'amour ne sont pas mortelles. Tout s'oublie et, après tout, cher Monsieur, le bonheur, pour une petite dame, le vrai bonheur, croyez-moi, c'est encore de retrouver son collier de perles.

CET OUVRAGE, LE PREMIER DE LA COLLECTION *LES ROSES LATINES,* A ÉTÉ ACHEVÉ D'IMPRIMER PAR COULOUMA A ARGENTEUIL, H. BARTHÉLEMY ÉTANT DIRECTEUR. SON TIRAGE SE JUSTIFIE AINSI : 20 EXEMPLAIRES SUR JAPON IMPÉRIAL, NUMÉROTÉS DE I A 20; 30 EXEMPLAIRES SUR VERGÉ DE MONTVAL, NUMÉROTÉS DE 21 A 50; 900 EXEMPLAIRES SUR VÉLIN TEINTÉ DE RIVES, NUMÉROTÉS DE 51 A 950. IL A ÉTÉ TIRÉ EN OUTRE, SUR CES DIVERS PAPIERS, 55 EXEMPLAIRES HORS COMMERCE, NUMÉROTÉS DE I A LV.

EXEMPLAIRE N°

www.ingramcontent.com/pod-product-compliance
Ingram Content Group UK Ltd.
Pitfield, Milton Keynes, MK11 3LW, UK
UKHW021122260726
13994UKWH00002B/966

9 782329 358628